CAMINHÁVAMOS PELA BEIRA
Lolita Campani Beretta

ABOIO

CAMINHÁVAMOS PELA BEIRA

Lolita Campani Beretta

UM SONHO

Estamos, meu irmão e eu, cada um em uma pequena canoa. Há um silêncio profundo, há um ritmo lento e perfeito. Montanhas, o mar. E, bem perto, vemos, são barbatanas, são dois tubarões. Nesse mesmo silêncio, nos olhamos. Não há alarde, há sobretudo o olhar, a clareza compartilhada da espera. Ali ficamos, até acordar.

a festa virá
acabar o domínio
a escrita virá
começar a festa

OS PÉS

o mais comum é que venham aos pares, cada um encontrando-se na extremidade de uma perna, tudo isso em um corpo, tudo isso em uma pessoa. o pé direito ao final da perna direita; o esquerdo, ao final da esquerda.

aos pares, como pernas e joelhos, como nádegas, seios e olhos, diferente do nariz e do pescoço, diferente também do umbigo, das pessoas.

12   enquanto em um corpo, um pé será sempre o pé de alguém.

o pé que de repente se encontra solto poderá ter seu dono reconhecido, a depender da proximidade do corpo ou da qualidade da investigação.

sozinho no mar, envolto em um saco plástico, o pé de alguém continuava sendo o pé de alguém, gerando, no entanto, algum desconforto ao pescador, que ao encontrá-lo chamou a polícia.

em uma mesma família, os pés de diferentes pessoas podem se asse-
melhar a ponto de ouvir dizer, com alguma admiração, "é igualzinho
ao de seu pai!". o mesmo dificilmente será observado sobre cotovelos,
ainda que idênticos.

por dificuldades logísticas e por desinteresse, pés semelhantes de pes-
soas que se desconhecem não costumam ser identificados e, diferente
de rostos, se cruzam em avenidas sem que isso seja jamais descoberto.

14   é perfeitamente possível viver uma vida inteira sem saber se o calca-
nhar é parte do pé ou se já é o resto do corpo.

os pés no início são como pás.

depois, quando prontos, ganham apêndices, chamados "dedos".

costumam ser cinco os dedos de cada pé.

o dedo que se encontra no ponto mais interno do pé, e, portanto, mais próximo ao outro pé, costuma ser o maior dos dedos, dedo superlativo do pé, "dedão".

a partir do dedão, um a um, os dedos tendem a diminuir até que o último assuma o tamanho de uma azeitona. a azeitona é o mindinho do pé.

ao lado um do outro, os pés são espelhados. assim, o dedão se encontra na extremidade mais à esquerda do pé direito, enquanto no pé esquerdo ele se encontra justamente mais à direita.

16 o dedão, também chamado por algumas pessoas de hálux (embora nunca carinhosamente), se movimenta com destreza para o alto, para baixo e para os lados, tudo isso sem sair do pé.

o dedão se afasta com notória facilidade do segundo dedo, e, portanto, de todos os outros, ignorando-os completamente. tamanha liberdade raramente é experimentada pelos outros dedos do pé.

na camada mais externa do pé, assim como em todo o resto do corpo ao qual o pé pertence, está a pele.

no dorso do pé, a pele é macia.

sobre cada dedo, a pele se enruga e a pele tem pelos.

na parte de trás dos dedos, a pele do pé é marcada por linhas que assumem contornos circulares, de labirinto.

na planta, parte inferior do pé, a pele é mais grossa e se engrossa com o uso. a exceção é um pequeno arco onde a pele segue macia e tem rugas e linhas, como uma folha.

não há pelos na planta dos pés.

como nos dedos de uma mão, sobre os dedos do pé há lâminas crescentes de nome "unhas".

são cinco unhas em cada pé, cada uma cobrindo seu respectivo dedo, de tamanho menor que o dedo, se mantidos hábitos de corte.

um dedo sem unha permite ver uma pele de tonalidade um pouco mais clara, antes escondida.

ao encontrar a pele visível de um dedo sem unha, pergunta-se: o que houve?

há partes miúdas da pele do pé que se soltam e caem, deixando a todos a dúvida: se ainda são parte do pé, se ainda pertencem a ele, ao corpo, à pessoa.

reunidos, os pequenos farelos criam uma espécie de farofa. assim como as unhas cortadas, os farelos costumam ser descartados como se descartam elementos finais de um chão varrido.

20

desenhado no improviso, risco único, um pé em sua posição habitual tem a forma aproximada de algumas espécies de feijão.

um "pé de feijão" não designa o pé de uma pessoa, mas sim uma árvore que ainda está por crescer, de onde, com o tempo, nascerão mais e mais feijões. apesar das semelhanças, o mesmo não ocorre a partir dos pés de pessoas.

um pé tem o tamanho aproximado do pé que o acompanha.

o pé adulto tem, entre a ponta do dedão e a parte que se encaixa no calcanhar, o tamanho da altura de um livro. como os livros, os pés variam de tamanho.

22 no interior do pé se encontram: ossos que lembram canetas quebradas, músculos, líquido, sangue.

dentro de pés que caminharam na praia ou no campo podem se encontrar famílias inteiras de bichos, chamados bichos-de-pé. apesar do nome, as famílias de bichos-de-pé, por não serem habitantes originais de um pé, são consideradas intrusas.

em sessões de acupuntura, espetar agulhas sobre diferentes pontos de um pé pode trazer alívio para os mais variados desconfortos.

em todos os outros contextos, não se costuma desejar objetos pontiagudos nos pés. ao contrário, há prazer no contato com superfícies macias como tapetes e gentis como mãos.

24 mesmo em um dia feliz, flexionado com os dedos curvados para baixo, o pé parece uma pessoa triste.

dormindo, esticadas sobre uma cama, é comum que as pessoas mante-
nham os pés na posição vertical, enquanto seus corpos, como um todo,
descansam na horizontal.

ao despertar, é o contrário: prefere-se a vertical. os pés passam, assim,
à posição horizontal, permanecendo rentes ao chão.

26   sobre alguém que sai da cama para iniciar o dia, dizemos: "pôs-se de pé".

permanece assim boa parte do dia, até o momento da volta à cama.

os pés sobre o chão – seus dias inteiros embaixo dos corpos.

pôr os pés no chão

é o que fazemos quando desejamos permanecer na vertical.

uma pessoa na vertical pode querer usar os pés em sua principal função: movimentando-os alternadamente. é a forma de levar o próprio corpo até outro lugar; é a "caminhada".

enquanto um dos pés se afasta do solo projetando-se um pouco à frente, o outro permanece em estado de espera. o pé que espera mantém sua parte inferior quase inteira (o arco e alguns dedões costumam deixar alguma distância) apoiada contra o chão e aguarda até que o pé suspenso volte a encostar a superfície para então imitar seu movimento. alternam--se repetindo a dinâmica até que o corpo chegue aonde quer chegar.

na caminhada, os pés raramente se encostam. os pés que se encostam enquanto caminham podem levar ao tropeço, à queda, e consequentemente à interrupção da caminhada.

esse mesmo movimento pode ser feito em superfícies não horizontais, inclusive em superfícies praticamente verticais. nesses casos, cabe aos pés e aos corpos adaptarem-se ao ângulo, o que costuma gerar algum cansaço.

utilizando-se de força abdominal, uma pessoa na vertical consegue realizar um movimento em que os dois pés ficam suspensos no ar, podendo mesmo se encostar; chama-se "pular" ou "saltar". é quando as pessoas mais se parecem com coelhos.

devido ao esforço do abdômen, o salto (ou pulo) não costuma ser usado para locomoção.

30   não há outra opção a não ser andar com os próprios pés.

pé ante pé

embora a alternância dos pés tenha como principal objetivo a loco-moção, ao movimentar um pé após o outro em passos lentos, espe-ra-se, principalmente, circular por espaços sem que outras pessoas o notem. enquanto a caminhada padrão costuma ter êxito garantido, sua performance vagarosa com o objetivo da invisibilidade nem sem-pre conta com a mesma sorte.

32   *os pés pelas mãos*

formando uma garra com o espaço entre o dedão e o segundo dedo, é possível pegar com o pé a peça de roupa que caiu no chão.

curvando-se os quatro dedos menores para a frente, enquanto o dedão se aproxima do dorso, é possível fazer um joinha com o pé.

apesar dessas utilidades, costuma-se pedir desculpa por ter trocado os pés pelas mãos, mas quando isso significa que se cometeu um erro, e não por utilizá-los das formas mencionadas.

os mãos pelos pés

um corpo pode se manter invertido alguns segundos sobre as mãos, como se fossem pés.

invertido o corpo, cada pé fica em cima do calcanhar, este em cima do tornozelo, este da perna, e assim sucessivamente até chegar à cabeça.

com o tempo, o pé no topo do corpo esfria e pode adormecer, precisando ser sacudido para recuperar consciência.

mas um corpo invertido é bom para:

circulação;
concentração;
conceber uma vida;
bom humor;
orgasmo.

na ponta dos pés

um corpo que quer se sustentar inteiro sobre os dedos dos pés talvez
esteja pedindo demais de si mesmo.

um corpo na horizontal – é quando os pés mais se encostam.

sobre uma cama, onde costumam passar as noites, os pés enfim descansam, os dedos no topo.

sobre uma cama, distraído no meio da noite, o pé perde a meia.

desacordados, os pés se unem na escuridão para movimentar lençóis.

acompanhados de outro par de pés, contorcem-se sem escolha, ou, dorso pressionado contra dorso, formam um gancho em torno do outro corpo, onde estão outros pés.

36   o corpo sentado, a sola de um pé contra a outra.

"afastem seus pés como as páginas de um livro aberto".

o pé, livro aberto, carrega consigo vestígios do dia de um corpo inteiro.

pelo atrito com as coisas,
os pés,
como os olhos,
acusam cansaço.

38 nas águas de um rio, de piscina ou de mar, horizontais, os pés assumem a função de nadadeiras. sempre em torno da superfície, se movem de forma alternada: ora um pouco acima, ora logo abaixo de onde termina o ar, de onde começa a água.

por vezes, os pés são envoltos de nadadeiras de plástico ou de borracha, que os devolvem ao tempo em que não havia dedos.

em contato com a água por tempo prolongado, os pés murcham.

os pés molhados ficam enrugados como velhinhos ou como frutas secas. no banho das crianças, são motivo de diversão.

sobre superfícies lisas e molhadas, as rugas da planta do pé não são suficientes, e o pé escorrega.

40 os pés de uma pessoa nervosa podem se movimentar em alta velocidade sem sair do lugar, subindo e descendo, e atraindo para si uma atenção a que não estão acostumados.

um pé pode se movimentar em direção a algum objeto ou em direção a outro corpo com o intuito de tocá-lo com uma força que não configura carinho, ou de lançar o corpo ou objeto até outro ponto – a esse movimento, independente do intuito ou do êxito, chamamos "chute".

não é possível chutar-se a si mesmo, mas é possível chutar sem querer um pé (extremidade inferior, assim como um pé) de uma mesa ou outros elementos que se encontram próximos ao chão, experimentando uma dor pungente, porém de pouca duração.

com finalidade recreativa, costuma-se chutar bolas, em espaços destinados para tal fim, distribuindo-se as pessoas em grupos, mantendo--se, ainda assim, apenas uma única bola, de uso comum.

nas barrigas, ainda em formação, antes de verem o mundo, antes de dizerem "sim", bebês se movimentam chutando suas mães por dentro, não necessariamente com os pés, porém com os mesmos efeitos.

os chutes dos bebês ainda dentro das barrigas trazem grande alegria às mães e a muitas pessoas ao redor – há mesmo quem se aproxime e encoste a mão para senti-los.

mais tarde, as mães que se emocionaram com os chutes na barriga provavelmente dirão a suas crianças, agora soltas no mundo: "não chute".

fora das barrigas, os pés e seus chutes também podem proporcionar imensa alegria, não apenas a mães e a pessoas próximas, deixando cidades e países inteiros em festa, quando a bola que algum pé movimentou tem a sorte de encontrar o lugar certo na hora certa.

outras formas de mexer os pés:

conforme a música;

no movimento emprestado das bicicletas.

afastando as pernas como se afastam as lâminas de uma tesoura é possível distanciar os pés um do outro, como se fossem pés de dois corpos diferentes. é essa a distância máxima de dois pés que se mantêm no mesmo corpo.

parados, sozinhos, os pés não fazem barulho.

45

movimentando-se em passos sobre carpetes ou sobre a grama, é preciso se aproximar para escutar o som dos pés. mas é difícil e mesmo perigoso aproximar o ouvido de um pé que caminha.

46   quando uma pessoa se concentra em não fazer barulho com os pés, tende a achá-los particularmente ruidosos.

os pés costumam parecer leves, mas nunca saberemos seu peso exato a não ser que se encontrem fora do corpo, realidade que os tornaria instantaneamente mais pesados.

fotografar os próprios pés ao invés de fotografar o próprio rosto é o que fazem os tímidos ou os artistas.

os pés gostam quando tocam a areia, na beira da praia.

pessoas sentadas em cadeiras de praia mexem os dedos do pé enfiando-os na areia e levantando-os enquanto soltam aos poucos os grãos, que permanecem agarrados à pele.

fora da praia, os pés não têm interesse pela areia, a areia é um estorvo.

50

os pés transpiram, como axilas, como virilhas, como a testa e o buço em algumas pessoas, como as costas e as coxas em outras, sobretudo em dias intensos, sobretudo no verão.

quando, ao contrário, faz frio, os pés se gelam, se encolhem e têm dificuldade para voltar a atingir temperaturas confortáveis sozinhos.

para aquecer os pés, é utilizado principalmente o recurso das meias, pedaços de tecido encontrados aos pares, cada um em formato que se assemelha ao de um pé e, portanto, a algumas espécies de feijão.

a temperatura dos pés também pode aumentar ao serem colocados embaixo de uma nádega, não necessariamente do mesmo corpo, ou em contato com outros pés.

sobre as meias, são vestidos sapatos, que evitam o contato dos pés com o chão.

além da manutenção da temperatura, vestir sapatos tem benefícios como: proteger os pés contra superfícies e objetos pontiagudos (que não sejam as desejadas agulhas), esconder unhas sem corte, sentir-se elegante ou pronto para uma aventura, a depender do modelo escolhido.

andar em qualquer ambiente com os pés vestidos em sapatos não se assemelha em nada com fazer o mesmo de pés descalços.

para firmar os sapatos em torno dos pés, garantindo que não saiam dos pés e vice-versa, costuma-se prendê-los com cordas, chamadas "cadarços".

busca-se uma quantidade perfeita de pressão ao amarrar cadarços sobre os pés: o suficiente para firmá-los, não o suficiente para sufocá-los.

amarrados com a ajuda das mãos, os cadarços podem ser alcançados com a descida do corpo, ajoelhado de forma a assegurar um bom nó.

para evitar mal-entendidos e frustrações, recomenda-se não fazer esse movimento perto de um par romântico, especialmente em datas comemorativas.

em lojas, para decidir quais sapatos serão comprados, costuma-se visualizá-los sobre os pés a partir de espelhos que se encontram ao chão, não sendo possível visualizar o próprio rosto nem os próprios pés enquanto é feita a escolha.

para trazer mais conforto a essa experiência, vendedores costumam oferecer meias, porém nunca se sabe por quantos pés já foram vestidas.

54 após um dia inteiro envoltos em meias e restritos ao espaço dos sapatos, os pés podem exalar um cheiro que se assemelha aos melhores queijos.

algumas pessoas divergem sobre a possibilidade de colocar os pés sobre mesas.

outras, sobre a manutenção das meias nos pés, independente da temperatura.

outras, ainda, sobre o contato entre pés e línguas.

56 quanto mais antigos os pés, mais se parecem raízes de árvores. porém, antigos, não crescem por fora, e não podem, portanto, expandir solo adentro, a não ser na beira do mar.

mais jovem o pé, mais macia a pele.

bebês chupam seus pés como se fossem bicos ou tetas ou picolés.

adultos têm dificuldade em levar os pés até a própria boca.

é inevitável que adultos coloquem os pés de bebês na boca.

58 colocar meias nos pés do pai ou da mãe é mais difícil que vestir os pés de um bebê.

em aulas de ioga, os pés segurados em ganchos com a mão, balança-se
o corpo para a frente e para trás, lembrando recém-nascidos, brincan-
do e olhando e mexendo seus pés. chama-se "a posição do bebê feliz".

mesmo com todas as meias
cadarços camadas sapatos
adultos lavamos os pés
com buchas
com pedras
atritos

como se adulto o pé
nunca estivesse de todo limpo
ou então nunca de inteiro pronto

como se adulto
quisesse voltar

ter pés de bebês

brincar

os pés antigos
não são macios
qual pés submersos
mesmo enrugados

os pés antigos
beira do rio
são nadadeiras
já estão molhados

um fundo escuro, em festa:
todos os acontecimentos
pequenos
reunidos

35

Abro o freezer, como se pudesse ter esquecido ali algo que não lembro de ter comprado. O que acontece é que mais ou menos perto dos cubos de gelo, que seguem sistematicamente sem gelo, ali, atrás dos restos de um molho pré-pronto que nem mesmo gostei, agora, o que acontece ali é na verdade isso aqui: você está pensando em congelar óvulos?

AS CASAS NÃO SE SOBREPUNHAM

VIZINHA

Quando terminaram, não demorou até que ele começasse a roncar. Ela passou a caminhar pelo apartamento. Levantei, desisti da tentativa de sono. Imaginei que nossa errância noturna, distribuída aos dois lados de uma parede, pudesse ser o suficiente pra nos conhecermos. Mas logo não ouvi mais nada, talvez também ela tivesse dormido, e foi assim que descobri a cidade em quase silêncio. Era já o terceiro dia sem dormir e, apesar do cansaço, anotei: *deve ser esse o ponto ideal de uma cidade, quando as coisas ainda estão por acontecer.* Fazia alguns dias que havia chegado. Queria muito descobrir que era uma cidade bonita.

CARNE

Hoje já não acredito haver uma hora de largada para o exercício da cidade. Sinto que ele apenas se mantém, ao fundo da vida, mesmo em momentos de paz, quando o que há é o quase silêncio. Há quem diga que leva anos pra sair de nós, mesmo daqueles que já a abandonaram, como pedaços de bife dentro do corpo de ex-carnívoros.

é possível seguir amando a cidade de onde saímos?

talvez a (im)possibilidade de amor esteja no fato de conhecer cada coisa (a ponte, a lojinha, a casa), de verdade, e para sempre.

TAMANHOS

Toda vez que me revejo ali, diante da nossa casa de praia, tenho a sensação esquisita de que ela mudou de tamanho. Nunca sei se está menor ou maior, é mais como um desencaixe. Também em minha cidade isso aconteceu, nas primeiras vezes em que voltei. Saindo do aeroporto, estranhava a largura de algumas ruas, e no caminho até o apartamento de meus pais descobria que tudo era minuciosamente diferente da minha lembrança. O desencaixe, nesse caso, não tinha a ver com o tamanho das coisas, mas talvez com o tamanho da vida.

EM MINHA CIDADE

As casas não se sobrepunham, havia respiro, mesmo naquelas coladas umas nas outras. Pareciam, principalmente, ser sempre *a casa de alguém*.

A CASA DE ALGUÉM

Depois de meses sem uso, tudo era áspero, tudo acusava nosso aban-
dono. Uma camada uniforme sobre todas as coisas parecia evidenciar
o complô: mesas, poltronas e sofás, peças de louça, e mesmo boias e
apetrechos de praia se punham juntos contra nossa presença. E agora,
antes de fazer novo uso, era preciso primeiro reconquistá-los, passar
panos leves, dando-lhes banho, soprando suas faces.

impossível:

preencher uma casa vazia
quando ela ainda está
tão cheia de coisas

A ÁRVORE E EU

Na casa dos meus avós, havia uma árvore enorme, imponente. Ficava ao lado de outra, em que eu e meus irmãos subíamos, essa sim de troncos fáceis, convidativos. A árvore gigante não nos divertia, e produzia muita sombra, mas me encantava que ela pudesse esconder os braços e que sua copa fosse inacessível.

Antes de vender a casa, quando tudo já estava vazio, pedi que meu pai me fotografasse ao lado dela. Insisti que a mostrasse inteira, mas, ele disse, era preciso escolher: ou eu apareceria, nítida, reconhecível, ou a árvore inteira. Escolhi a árvore inteira, preservando sua copa, e na foto que tenho, de longe, quem está ali ao seu lado é uma pessoa qualquer.

A ÁRVORE E O AUTOR

São poucos os autores que se deixam fotografar ao ar livre. Lembro-me de um, que deixou subir o canto do lábio esquerdo, um pequeno sorriso, e atrás dele havia uma árvore. Imaginei que ali onde estava a árvore era o jardim de sua casa, onde viviam, mais ou menos felizes, ele, sua esposa e os três filhos, isso porque, de tonta, identifiquei-o com o personagem do livro. Depois descobri que vivia em um apartamento, em Manhattan, sozinho.

lembrança

quando criança, na praia, minha avó estendia sobre a areia um lençol antigo e sobre ele acomodava os netos, lado a lado, bem embaixo do guarda-sol.

lá ficávamos, por horas,
dormindo,
resguardados do calor,
aquecidos, pela vó

(às vezes depois de algum tempo vinha um ventinho e então ela ajustava o lençol com todo cuidado, cobrindo os corpinhos miúdos, lembranças do mar e da festa)

esses dias cruzei um açougue

as carnes, lado a lado
bem postas,
o freezer comprido
entreaberto

uma vontade danada de cobri-las

picanha   maminha   vitela
especialmente
o coração

80 **festa**

numa família
por tradição
há quem comece a despedida

e se alguém disser que foi ao clericot de fraldas de uma criança e que
havia brigadeiros de diferentes cores bolinhos de três sabores
mas que não havia clericot?

bandarilha

a anestesia do touro
permite-lhe o dom de sofrer

acontece
que sangra
que geme
que brama
enquanto nada disso acontece

o touro assiste à própria penitência
como concerto distante
alegra-se especialmente com os aplausos
por fim
quando o silêncio se apossa da arena
o touro se assusta

no êxtase da anestesia
pergunta
o que é isso
que olhares incautos
avistam chegar

em vez de fugir
retoma a investida

um gesto, algo muito pequeno
um gesto que eu faça e repita, muitas e muitas vezes,
um gesto
mínimo.
em algum momento a repetição o torna terno
e o torna também engraçado
a plateia tem um ataque de risos,
a plateia sente também alguma dor
em algum ponto.
que gesto poderia ser esse?

beleza

a possibilidade de enfrentá-la
como um touro cansado

O TEXTO SE CHAMAVA *HERANÇA*

na casa de meus avós

Um vídeo de baile da terceira idade em um clube popular do interior gaúcho. Está passando há horas na sala. Meus avós estão sentados cada um em sua poltrona. Na tela, ao ritmo vanerão, muitos casais dançam; bem ao fundo do salão, uma enorme faixa diz: "alegria de viver". O volume está alto, um pouco ruim, a imagem é amadora. Os casais vão e voltam. A sensação é de looping.

mural de recortes

artistas da tevê, mulheres de biquíni na revista Caras, campos de produção agrícola, tomates, salada sobre um prato, uma charrete antiga, o príncipe William ao lado da esposa, dicas de como preparar alho-
-poró, "o novo ingrediente para a longevidade", jogadores de times rivais, técnicos de times rivais, anúncio de um trator antigo à venda,

um casal de vinte e poucos, década de 50,

a mãe e os dois filhos na praia, 1962,

a mãe, o pai
e um filho,
mesma praia,
poucos anos depois.

duas perguntas

e tu tem um namoradinho?

quem é esse homem deitado comigo?

90 sua avó
deitada sobre uma cama
sobre uma cama
sua avó
sendo feliz
imagine

FANTASIA

fantasia

fiquei com um bombeiro
mas ele estava vestido de ursinho

94 Ainda estava escuro, e eu acordava mais uma vez assombrada por aquela estranha cena: em um aeroporto, um casal desce do táxi tranquilamente. Estão felizes, vão a Paris. De repente aparece outra mulher. Ela se aproxima, quebra os óculos dele, joga sua mochila com o computador no chão, o telefone também. Rasga a manga da camisa xadrez e a gola da camiseta branca que ele veste por baixo. Por fim, arranha seu rosto, fincando-lhe a unha com força. Então um segurança do aeroporto se aproxima e ameaça levá-la para a delegacia. O sonho costumava parar sempre nessa hora, em que eu disse: calma, que já estou indo embora.

Mickey e Minnie seguem sendo um casal?

alguém me disse que nunca foram um casal.
alguém me disse que uma vez viu o Mickey fumando escondido atrás
de um restaurante.

CAMINHÁVAMOS PELA BEIRA

caminhávamos pela beira,

e era
sem
dúvida
o mar

– o peixe agora tentava salvar-se,
contorcido, rente à areia

um peixe velhusco e
pequeno
ali
bem diante do chão

lançá-lo contra uma onda?
afundá-lo em salvação?

algo
maior do que ele

algo
bem mais do que ele

quando alguns meses atrás visitamos meu avô, ele usava uma touca de natação. era a sala de sua casa e ele usava uma touca de natação. todos ali sabíamos que usava uma touca de natação e, principalmente, que não tinha planos de ir à piscina.

a água
vazia do mar
gigante e aberta
recorte

que nela coubesse ainda
um último peixe ferido

DEPOIS

Em seu último aniversário, meu avô estava magro, bem magrelo. As escápulas e as costelas saltavam um bocado, a um passo de desprender-se do corpo. Na cozinha de seu apartamento, comia o bolo como se não houvesse mais nele a memória do que era comer, de modo que era preciso interrompê-lo e dizer-lhe que estava satisfeito, que assim já estava bom. Era inverno e ele vestia um moletom inteiro preto, com capuz, parecendo uma figura que de repente se alimentasse em alguma cozinha secundária do Vaticano, ou em refeitório de igreja qualquer, desde que igreja antiga. Em sua batina, com pedaços de merengue no queixo, curvava-se sobre o pequeno prato, não como se gostasse de bolo, mas como se reverenciasse, já ali, alguma presença desconhecida.

A LITTLE BIT

Poucas lembranças pontuais, pouca lembrança de cenas.

A mais antiga, acho, é das noites em que eu ia dormir no apartamento dela, quando se separou do meu avô. Nós duas sentadas na cama, um pouco antes de dormir. Eu levava meus livros da escola e ela me pedia que ensinasse as novidades do livro de inglês. "Só um pouquinho."

quando minha cadela morreu, sem saber o que fazer, pedi pra enterrá-la no condomínio de casas onde moravam meus tios. foi seu Vilmar, o zelador, quem cavou o buraco. antes de começar o serviço, perguntou se podia ligar um radinho. ao som de música gauchesca mal sintonizada, eu o vi enterrar Mafalda. chorou bem mais do que eu.

104   **tirar o volume de uma cena**

o volume de qualquer cena

DEPOIS

Pesquisando sobre a cremação, uns dias depois do velório, me vi atraída por uma série de comentários no site. Pessoas que deixavam sua opinião, dizendo a estranhos a conclusão a que haviam chegado. Um rapaz dizia "já tomei minha decisão, quero ser cremado", e explicava a escolha: se em vida você nem recebe visitas, imagine depois!

106   **post-its**

knausgård começou assim:
para o coração, a vida é simples:
ele bate enquanto puder.
e então para.

harry sente que é uma pessoa melhor por pensar na morte.
sally acha graça. she's too busy being happy.

sobre envelhecer, michael caine responde:
compared to the alternative, it's fantastic.

paterson pergunta:
would you rather be a fish?

RUDIMENTAR

Às vezes me pego invadida pela lembrança de um antigo colega dos tempos de colégio. Ele tinha a mania de mostrar a bunda a estranhos. Toda vez que bebia, na volta das festas, abaixava suas calças ou bermuda e então expunha o traseiro. As meninas diziam coisas como *que nojo*, os meninos davam risada, alguns sugeriam *vamos acompanhá-lo* ou *vamos levar suas calças embora*, porém nunca passavam de ameaças, e o que acontecia é que acalmado o primeiro alvoroço ficávamos todos apenas em silêncio, aguardando que o momento se encerrasse. O grotesco não era tanto seu traseiro exposto, e sim o que havia de desolador em seu gesto. Era um rapaz tímido, o mais tímido da turma inteira, e, toda vez que se punha fora de si, não dizia os habituais palavrões, não agarrava indevidamente, como muitos, as meninas que não o queriam, apenas virava-se e mostrava seu traseiro. Não o fazia diretamente para nós, mas a pessoas aleatórias que cruzavam nosso caminho, em ruas vazias, em carros velozes. E assim presenciávamos, ainda que de relance, algo como a face nua de toda alma, solitária. Talvez por isso nosso silêncio, talvez por isso um quase respeito: protegia-nos, de algum modo, daquela gigante revelação.

108   (...)

e cada um saberá como é
apenas a hora em que acontecerá
e o que se pode fazer antes é viver,
esperar,
e viver

e, também, supor um bocado de coisas.

EXTRAVIO

legenda

"será que a encontraremos um dia?"
pergunta
em voz baixa
no meio do filme

112   **madrugada**

– Eu gostaria que você conversasse comigo. Sei lá, que me contasse mais coisas sobre você.

– Eu não gosto de azeitonas, mas gosto de azeite. Por muito tempo, eu nem desconfiava que vinha da azeitona. Você sempre soube?

EXTRAVIO

Em algum lugar
um anúncio dizia:
"Você merece o Caribe"

PESCARIA

Aquele dia, fomos ao lago, e recebemos, cada criança, uma vara, com isca e anzol. Mas na hora do arremesso, vi meu ganchinho prender-se na grama, e ali resolveu ficar, antes mesmo de ir à água.

Ninguém reparou no acidente, e eu, de vergonha, preferi não dizer. Nada como "perdi meu ganchinho", nada como "vejam só isso", apenas lancei meu fio, sem forma e sem qualquer encanto.

Meus primos em alvoroço, os peixinhos lutando por vida, enquanto isso inventei que pescava, e por horas ali fiquei, como se algo pudesse chegar, e eu mesma pudesse me surpreender.

Mais tarde, imaginando o animal incrível que havia levado meu anzol sem que eu sequer reparasse, ficaram todos maravilhados com minha força. Junto com eles, também eu lamentei não tê-lo visto.

foto de autor

alguns têm olheiras fundas
estão, quase todos, sérios

o que foi que viram
antes de chegar ali?

No meio do mar, em uma região próxima à costa da África do Sul, equipamentos abandonados continuam capturando seres marinhos. Sem conseguir se libertar, perdem a vida em pescas antigas, redes fantasmas, inexistentes.

118 **texto**

quero chamá-lo "proteção"
não sei
como o farei
não sei
se será suficiente

CARA LEITORA, CARO LEITOR

A **Aboio** é um grupo editorial colaborativo.

Lemos, selecionamos e editamos com muito cuidado e carinho cada um dos livros do nosso catálogo, buscando respeitar e favorecer o trabalho dos autores, de um lado, e entregar a vocês, leitores, uma experiência literária instigante.

Nada disso, portanto, faria sentido sem a confiança que os leitores depositam no nosso trabalho. E é por isso que convidamos vocês a fazerem cada vez mais parte do nosso oceano!

Todas as apoiadoras e apoiadores das pré-vendas da **Aboio**:

> **— têm o nome impresso nos agradecimentos dos livros;**
> **— recebem 10% de desconto para a próxima compra de qualquer título do grupo Aboio.**

Conheçam nossos livros e autores pelo site **aboio.com.br** e siga nossos perfis nas redes sociais. Teremos prazer em dividir com vocês todos nossos projetos e novidades e, é claro, ouvir suas impressões para sempre aprendermos como melhorar!

Vem aboiar com a gente. Afinal: **o canto é conjunto.**

APOIADORAS E APOIADORES

Agradecemos às **121 pessoas** que confiam e confiaram no trabalho feito pela equipe da **Aboio**.

Sem vocês, este livro não seria o mesmo.

A todos os que escolheram mergulhar com a gente em busca de vozes diversas da literatura brasileira contemporânea, nosso abraço. E um convite: continuem acompanhando a **Aboio** e conheçam nosso catálogo!

Adriane Figueira
Airton Beretta
Aline Medina
Ana Carneiro
André Balbo
Andrea Mattei
Andreas Chamorro
Angela Beatriz Campani
Anna Kuzminska
Anthony Almeida
Arthur Lungov
Bruno Girardi
Caco Ishak
Caio Girão
Caio Narezzi
Calebe Guerra
Camila do Nascimento Leite

Camilo Gomide
Carlos Eduardo
    Teixeira Carvalho
Carmem Campani
Carolina Fernandes Lobo Silva
Carolina Nogueira
Caroline Moraes
Cecília Garcia
Cesare Rodrigues
Christina Autran
Cintia Brasileiro
Claudia Schroeder
Cleber da Silva Luz
Cristina Machado
Daniel Dago
Daniel Giotti
Daniel Guinezi

Daniel Leite
Daniela Baptista Neves
Daniela Gibertoni
Daniela Militerno
Daniela Nogueira Storto
Danilo Brandao
Denise Lucena Cavalcante
Dheyne de Souza
Eduardo Almeida
Eduardo Rosal
Felipe Amorim
Flávio Ilha
Francesca Cricelli
Frederico da Cruz
    Vieira de Souza
Gabriel Goldmeier
Gabriel Urtiaga
Gabriela Machado Scafuri
Gael Rodrigues
Giovanna Reis
Giselle Bohn
Giulia Morais de Oliveira
Guilherme da Silva Braga
Gustavo Bechtold
Henrique Emanuel
Isabela Otechar Barbosa
Ivan Grilo
Jailton Moreira
João Luís Nogueira
Jonathan Fontenelle

Julia Pothin
Juliana Nogueira Storto
Juliana Slatiner
Juliane Carolina Livramento
Jung Youn Lee
Karla Patrice Ferreira Martins
Katherine Dibarrart
Laura Redfern Navarro
Lenio Carneiro Jr.
Leonardo Pinto Silva
Lígia Petrucci
Lilian Escorel
Lolita Beretta
Lorenzo Cavalcante
Lucas Lazzaretti
Lucas Verzola
Luciana Thomé
Luciano Cavalcante Filho
Luciano Dutra
Ludmila Cardoso
Luis Felipe Abreu
Luísa Machado
Manoela Machado Scafuri
Marcela Monteiro
Marcela Roldão
Marco Bardelli
Marco Storelli
Marcos Vinícius Almeida
Maria Inez Frota Porto Queiroz
Mariana Donner

Marina Lourenço
Mateus Torres Penedo Naves
Mauro Paz
Milena Martins Moura
Nair Martinenko
Natália Pesciotta
Natalia Zuccala
Natan Schäfer
Nathália Cariatti
Otto Leopoldo Winck
Paulo Scott
Pedro Jansen
Pedro Torreão
Pietro Augusto Gubel Portugal
Renato Rodrigues
Sergio Mello
Sérgio Porto
Tatiana Vetillo
Thaís Campolina
Thassio Gonçalves Ferreira
Valdir Marte
Wanessa Barros
Weslley Silva Ferreira
Yvonne Miller

PUBLISHER Leopoldo Cavalcante
REVISÃO Marcela Roldão
DIREÇÃO DE ARTE Luísa Machado
COMUNICAÇÃO Thayná Facó
ILUSTRAÇÃO DA CAPA Floris Verster
CAPA E PROJETO GRÁFICO Leopoldo Cavalcante

Copyright © Aboio, 2023

Caminhávamos pela beira © Lolita Campani Beretta, 2023

Todos os direitos reservados. Nenhuma parte desta obra pode ser reproduzida, arquivada ou transmitida de nenhuma forma ou por nenhum meio sem a permissão expressa e por escrito da Aboio.

Grafia atualizada segundo o Acordo Ortográfico da Língua Portuguesa de 1990, que entrou em vigor no Brasil em 2009.

Dados Internacionais de Catalogação na Publicação (CIP)
Tábata Alves da Silva — Bibliotecária — CRB-8/9253

Beretta, Lolita Campani
   Caminhávamos pela beira / Lolita Campani Beretta.
  -- São Paulo, SP : Aboio, 2023.

   ISBN 978-65-980578-0-0

   1. Poesia brasileira I. Título.

23-148120   CDD-B869.1

Índices para catálogo sistemático:
1. Poesia : Literatura brasileira

[2024]

Todos os direitos desta edição reservados à:
ABOIO EDITORA LTDA
São Paulo — SP
(11) 91580-3133
www.aboio.com.br
instagram.com/aboioeditora/
facebook.com/aboioeditora/

[Primeira impressão, agosto de 2023]
[Segunda impressão, setembro de 2024]

Esta obra foi composta em Adobe Garamond Pro.
O miolo está no papel Pólen® Natural 80g/m².
A tiragem desta edição foi de 200 exemplares.
Impressão pelas Gráficas Loyola (SP/SP)

A marca FSC® é a garantia de que a madeira utilizada na fabricação do papel deste livro provém de florestas que foram gerenciadas de maneira ambientalmente correta, socialmente justa e economicamente viável, além de outras fontes de origem controlada.